# 一時間でわかる
# 紫式部と近江

京樂真帆子

鴨祐為作　紫式部像（石山寺蔵）

※本文中の史料引用には、以下のものを使用した。引用に際しては、読みやすくするために読点（、）を付したところがある。また漢字は常用漢字に直した。

『紫式部日記』（新編日本古典文学全集）・『紫式部集』（新日本古典文学大系）・『源氏物語』（新日本古典文学大系）・『石山寺縁起絵巻』（石山寺縁起絵巻集成）・『枕草子』（新日本古典文学大系）・『蜻蛉日記』（新日本古典文学大系）・『更級日記』（新日本古典文学大系）・『日本紀略』（国史大系）・『小右記』（大日本古記録）・『権記』（史料纂集）・『無名草子』（新編日本古典文学全集）・『河海抄』（玉上琢彌編『紫明抄・河海抄』）

# 目次



表紙　写真：祇園井特画・伊良子大洲賛《紫女図》（福田美術館所蔵）
デザイン：オプティムグラフィックス

堅田の浮御堂

# はじめに

『源氏物語』の作者紫式部と滋賀県との深い〝ゆかり〟（縁）はよく知られている。紫式部は若かりし頃、近江（今の滋賀県）を旅したことがある。また、石山寺（大津市）は、彼女が書いた『源氏物語』の愛好者たちを引きつける場ともなった。本書では、この二つの点を中心に、紫式部と近江について語っていきたい。

まず、紫式部について簡単に説明しよう。

平安時代の女性については、わからないことが多い。あの世界に誇る大傑作『源氏物語』を執筆した紫式部ですら、本名も生没年もわからない。それらを明らかにしようとする研究はあるのだが、皆を納得させることのできる、確たる証拠を示すことに成功しているわけではない。そもそも、紫式部が『源氏物語』を書い

たということでさえ、実は、確かなことではないのである。

が、わからない、ばかりでは話が進まない。そこで、およそ皆がそうかもしれない、と考えているあたりを紹介していこう。

なお、以下の説明は、主に、今井源衛『紫式部』および清水好子『紫式部』を参考にしている。

紫式部が生まれた年については、天禄元年（九七〇）説、天延元年（九七三）説、天元元年（九七八）説などがある。本書では、一番早い天禄元年説（今井源衛、一九六六）をとることにする。なので、文中の推定年齢（数え年）には振れ幅がある、と考えていただきたい。

父は、学者でもあった藤原為時《ふじわらのためとき》。母（藤原為信《ためのぶ》の娘）は、彼女が幼い頃に亡くなっている。そして、同母姉と弟（惟規《のぶのり》）、異母妹弟たちがいた。

すでに複数の妻と成年の子がいる藤原宣孝《のぶたか》と結婚したのは二九歳で、長徳四年（九九八）の秋か冬。そして、

竹生島小島

一人娘の賢子《けんし》が生まれたのは、長保元年（九九九）のことと考えられている。

なお、この賢子（大弐三位《だいにのさんみ》）は女官として活躍した人で、母同様、『小倉百人一首』に歌が採用されている。

さて、紫式部の結婚生活は、長くは続かなかった。長保三年（一〇〇一）四月二五日、夫の宣孝が流行病にかかって死んでしまう。後述するように、『源氏物語』はこの頃に書き始められたらしい。

そして、寛弘三年（一〇〇六）一二月二九日、一条天皇中宮藤原彰子《しょうし》のもとに出仕した（前年とする説〈今井源衛、一九六六〉もある）。この時、三七歳。ここから、宮廷女房生活が始まる。

彼女の仕事ぶりは、長和二年（一〇一三）五月二五日の『小右記《しょうゆうき》』（藤原実資《ふじわらのさねすけ》の日記）に出て来る。

この日、藤原資平《すけひら》（実資の甥）は、実資の意を受けて、体調を崩している東宮敦成《あつひら》親王（後に、後一条天皇とな

る）の様子を彰子（東宮の母）付の「女房」に尋ねた。
この「女房」について、「越後守《えちごのかみ》為時の女《むすめ》、此女《このおんな》を以て、前々、雑事《ざつじ》を啓《けい》せしむるのみ（※この女に前々から色々なことを彰子に申し上げさせていた）」と実資が日記に注記している。

つまり、この「女房」こそ、藤原為時（当時は越後守）の娘、四四歳になった紫式部なのである。彰子が皇太后となった後もその女房として仕え、藤原実資の担当窓口となっていたことがわかる。これは、彼女の実在を証明する、貴重な記録である（この前後にも、紫式部らしき女房が『小右記』に記録されている）。

紫式部の没年は不明だが、早く見積もる学説は、長和三年（一〇一四）春頃に亡くなったのではないかとしている（今井源衛、一九六六）。

さて、紫式部が『源氏物語』を書き始めた時期は、明確にはわからない。

本人が言うには、夫と死別して鬱々と暮らしている

夕景の比叡山

頃、「はかなき物語（※ちょっとした、つまらない物語）」について語り合う友がいた（『紫式部日記』）。卑下した表現になっているが、この「物語」が、『源氏物語』の一部分であった可能性がある。

実は、紫式部が宮仕えを始めてから二年後の時期には、『源氏物語』が存在していたことがわかっている。というのは、『紫式部日記』に以下の記述があるからである。

寛弘五年（一〇〇八）一一月一日、若宮（敦成親王）の御五十日《いか》の祝いが中宮彰子の里邸、土御門殿《つちみかど》で行われた。公卿たちも多くやってきて、まさに盛儀であった。その中に中納言藤原公任《きんとう》がいて、几帳の向こうに控えている女房たちにこう語りかけた。

「もしもし、このあたりに私の紫さん（「わが紫」）はおられませんか？」（三田村雅子、二〇二三）による。「わか紫」つまり「若紫」とする説（清水好子、一九七三）もある。

これを聞いた紫式部は、あなたをはじめ、光源氏に似た人は見当たらないのに、紫の上がいるはずはない

でしょう、と無視した。

というエピソードからわかるのは、公任が、少なくとも、紫の上（あるいは、若紫）が登場する部分を読んでいる、ということである。自分を光源氏に例えるほど、男性貴族もこの物語を愛読していたのである。

さて、寛弘五年一一月中頃、彰子は若宮と共に里邸（土御門殿）から内裏（一条院内裏）に戻ることにした。そこで、彰子は「物語」の豪華清書本を内裏に持ち帰って、天皇に見せる計画を立てた（『紫式部日記』）。紫式部自身は、この豪華本に違和感を抱いていたようだが。

その準備に追われる中で、紫式部は自分の実家から「物語」の草稿を持ち込んで、部屋に隠していた。なのになんと、それを彰子の父藤原道長がこっそりと部屋に侵入して持ち去ってしまったのである。しかも、その冊子をもう一人の娘、藤原妍子《けんし》に渡してしまったらしい。

源 融《みなもとのとおる》を祀る大津市仰木の融神社

というこの「物語」こそ、あの『源氏物語』である、と考えられている。寛弘五年の時点で、清書本が作られるほどの分量があり、かつ草稿本もあった。公任だけではなく、道長など多くの人々がその存在を知っており、続きを読みたがっていたのである。この『源氏物語』を紫式部自身は、「源氏の物語」と呼んでいる（『紫式部日記』）。中宮彰子の御前に置かれていた「源氏の物語」を藤原道長が見て、紫式部に冗談を言っている。一条天皇も、この物語を知っていた。このように、彼女の宮廷生活の中に『源氏物語』があったことは明らかである。

同時代史料に残る、『源氏物語』の存在を示す痕跡は、これだけである。紫式部が物語の着想をどこで得たのか、どこで、どういう順番で執筆したのかは、わからない。石山寺で執筆した、という記録は一つたりとも存在しない。

では、どうして石山寺に、紫式部が『源氏物語』を執筆したという「源氏の間」があるのか。そもそも紫式部は、近江といかなる関係にあったのか。

それを以下説明していこう。

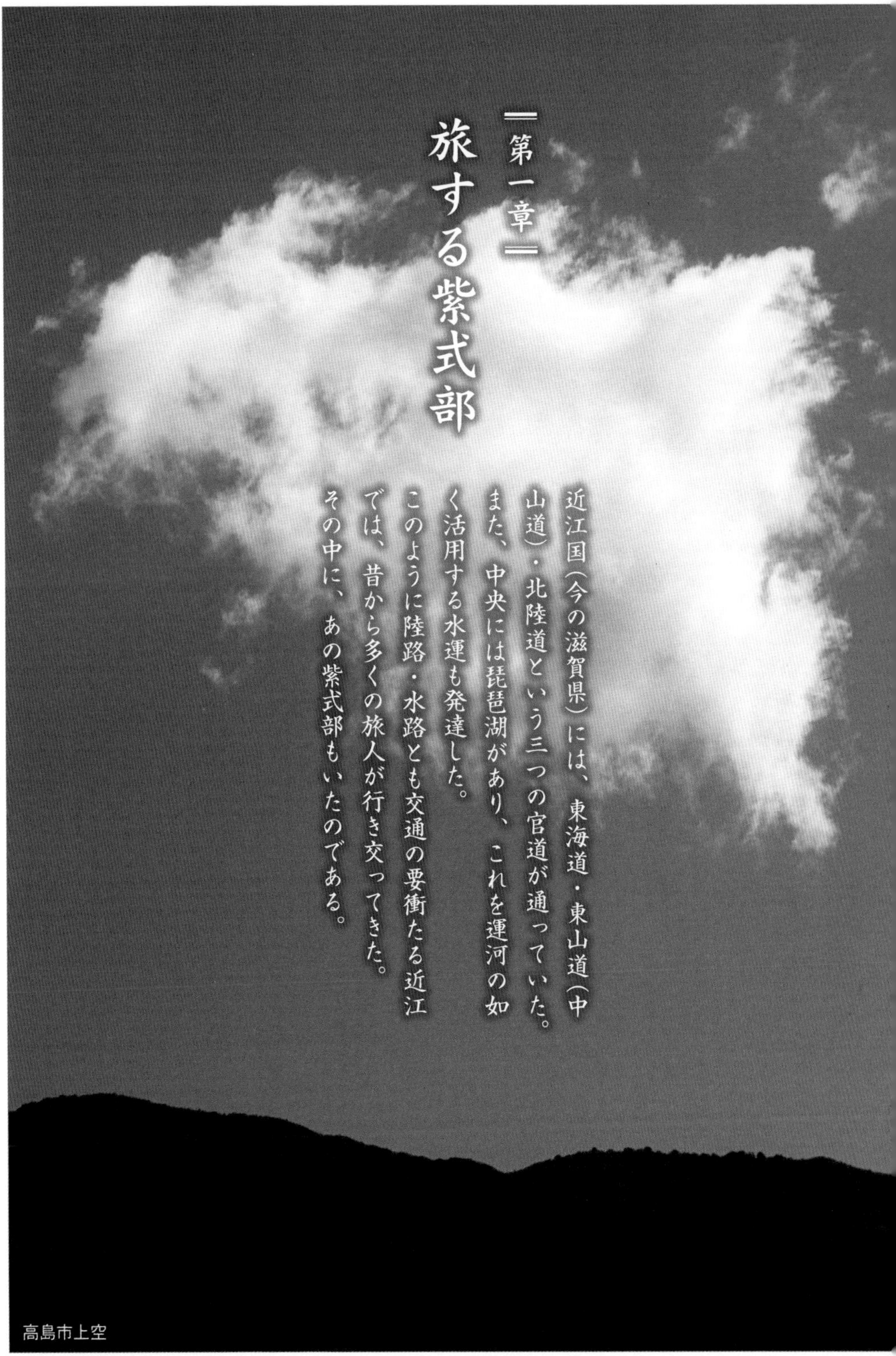

## 第一章

# 旅する紫式部

近江国（今の滋賀県）には、東海道・東山道（中山道）・北陸道という三つの官道が通っていた。

また、中央には琵琶湖があり、これを運河の如く活用する水運も発達した。

このように陸路・水路とも交通の要衝たる近江では、昔から多くの旅人が行き交ってきた。

その中に、あの紫式部もいたのである。

高島市上空

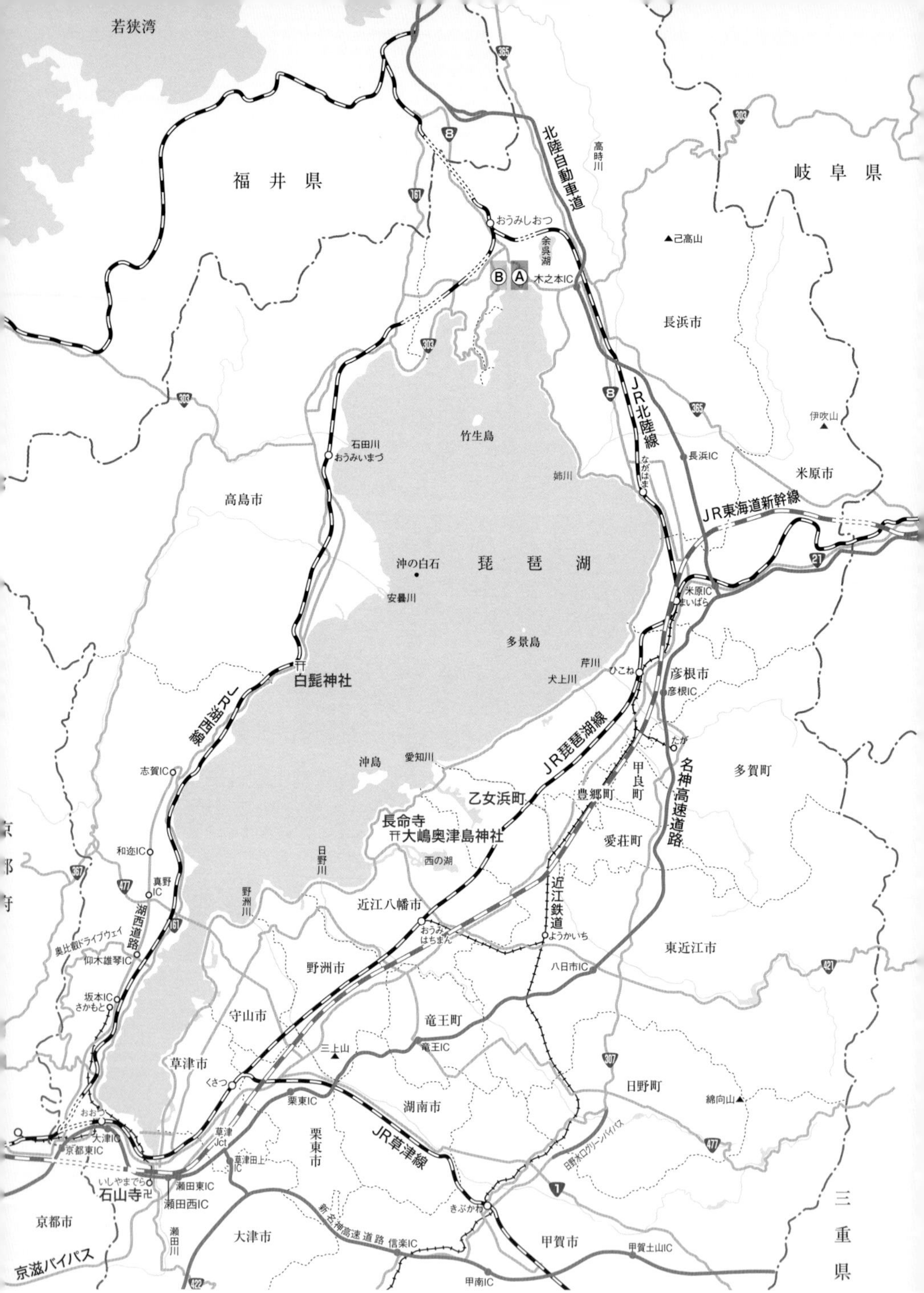


図1　現在の滋賀県の交通網

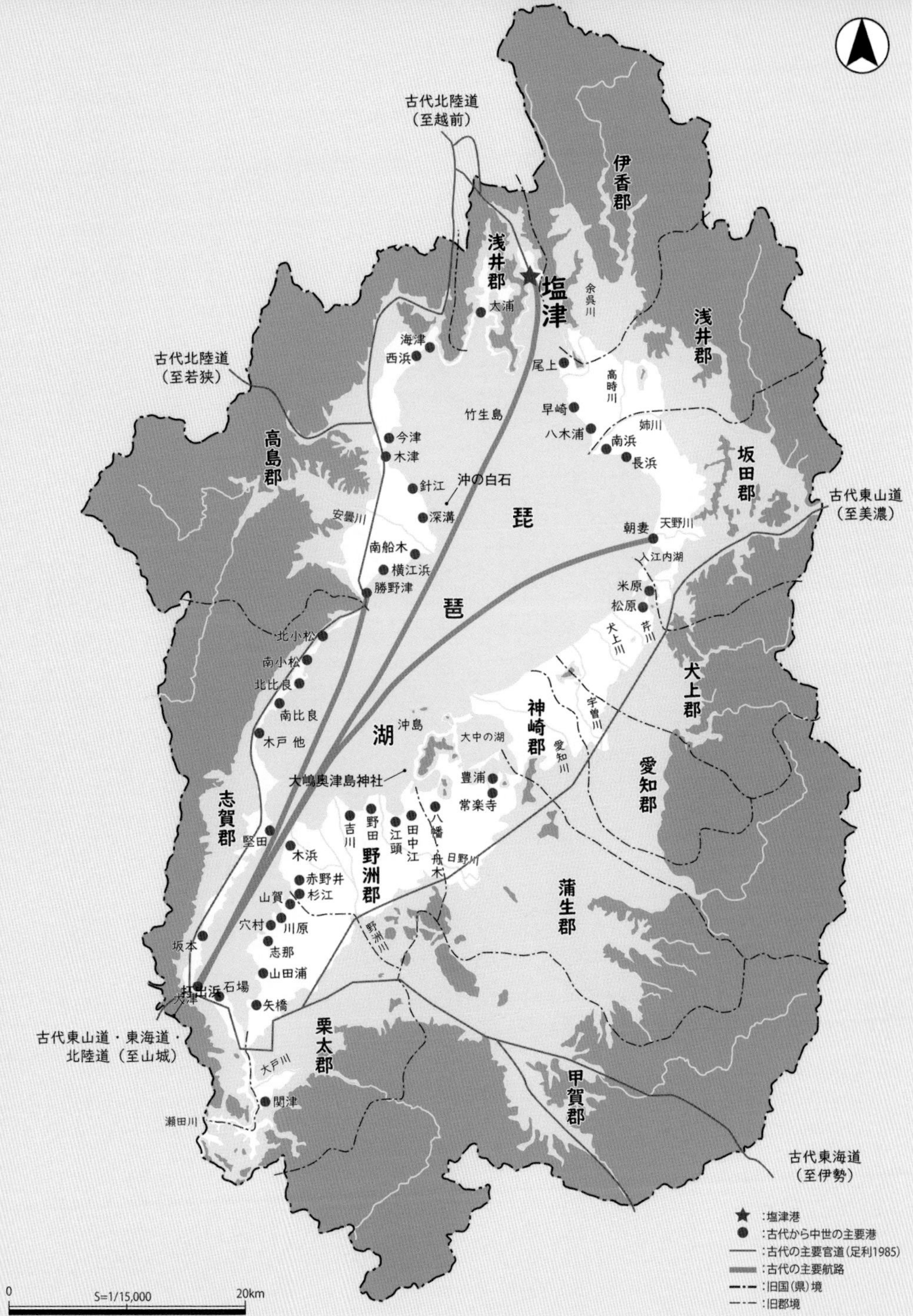


図２　琵琶湖の主要な港と官道、航路　安土城考古博物館「塩津港発掘調査展図録」より

## 父の越前赴任

時は長徳二年(九九六)。季節は、夏。旅は、父、藤原為時の越前国(今の福井県)赴任への帯同であった。

当時の地方任官では、本人のみの単身赴任はありえず、家族と共に着任した。あの『更級日記《さらしなにっき》』の作者(菅原孝標《すがわらのたかすえ》の娘)も、父と共にその任国、上総国《かずさ》(今の千葉県)にいて、帰京する際の旅日記を書いていたことを思い出してほしい。ちなみに、彼女も近江を通っていて、旅の記録を日記に記している。

紫式部の父為時は、越前守として越前国府で政務を執ることになる。越前国府は武生《たけふ》、今の福井県越前市にあった。紫式部も父と共に、しばらく武生で暮らしていたのである。

この時、紫式部は二七歳。この年齢で未婚というのは、当時としては、結婚が遅い。すでに生母を亡くしていた紫式部は、母の代わりに父の赴任に付き添ったのだと考えられている。

父、為時の話に戻ろう。

実は、為時は当初、淡路守に任命されていた(「長徳二年大間書」同年正月二五日)。しかし、その三日後、赴任地が越前国に変更されたのである。記録には、「右大臣(藤原道長)が参内《さんだい》し、俄《にわか》に越前守源国盛《みなもとのくにもり》を停めさせ、替わりに淡路守藤原為時を越前守に任《にん》じた」とある(『日本紀略』同年正月二八日条)。この急な人事変更にはあの藤原道長が絡んでおり、十年間ほど無官であった為時が淡路赴任への不満を文章で述べたことから実現したものだ、とされている(『今昔物語集』など)。

ここでは、そのあたりの細かな事情は割愛するが、この変更、私たちにとっては幸いであった。京から淡路国への移動ならば、近江は逆方向。越前国への赴任だったからこそ、紫式部一行は近江国を通ったのである。

## 京から越前へ

ここで、図1（12頁）を見てみよう。

現在、京都市から越前市に鉄道で移動するには、平安時代と同じく滋賀県（近江国）を通ることになるのだが、湖西と湖東の二つのルートがある。京都から特急サンダーバードに乗れば、通常は（強風などで運行に影響が出ていなければ）湖西線を通っていく。この湖西ルートが、古代の幹線道路の一つ、北陸道である。

現代に生きる私たちは、琵琶湖の東、米原から北へ行くＪＲ「北陸線」や、米原から北に延びる高速道路の「北陸自動車道」という名前から、湖東ルートの方を昔からの主要ルートだと勘違いしがちであるが、実は、湖西ルートの方が歴史が古い。

とはいえ、後述するように、近江では湖西でも、陸路よりも湖水路の方が多く活用されていた。

さて、国守赴任の旅は、公人としての移動であるから、その交通費にも事細かな規定があったはず。が、残念ながら、こうした公費を使った移動の詳細がわかる史料は残っていない。その代わり、諸国から都まで税物を運ぶための運賃を定めた史料（「延喜式《えんぎしき》　主税《しゅぜい》上」）があるので、ここから逆向きの移動、都から越前までの行程を推測してみよう。

京から大津までは陸路（逢坂越《おうさかごえ》）、大津から塩津までは湖水路、そして、塩津から敦賀までは陸路（深坂峠）が「延喜式」に規定され、それぞれ交通費が記されている。つまり、先述したように、「琵琶湖は大きな運河」として活用されていたのである。おそらく紫式部一行も、このルートをたどったと考えられる。

なお、都から越前国府までは、軽装で四日、税物など重い荷物を運ぶ場合には、およそ七日間の行程である（「延喜式　主計《かずえ》上」）。紫式部の場合、家族帯同の旅であるので、もう少し時間がかかったのかもしれない。

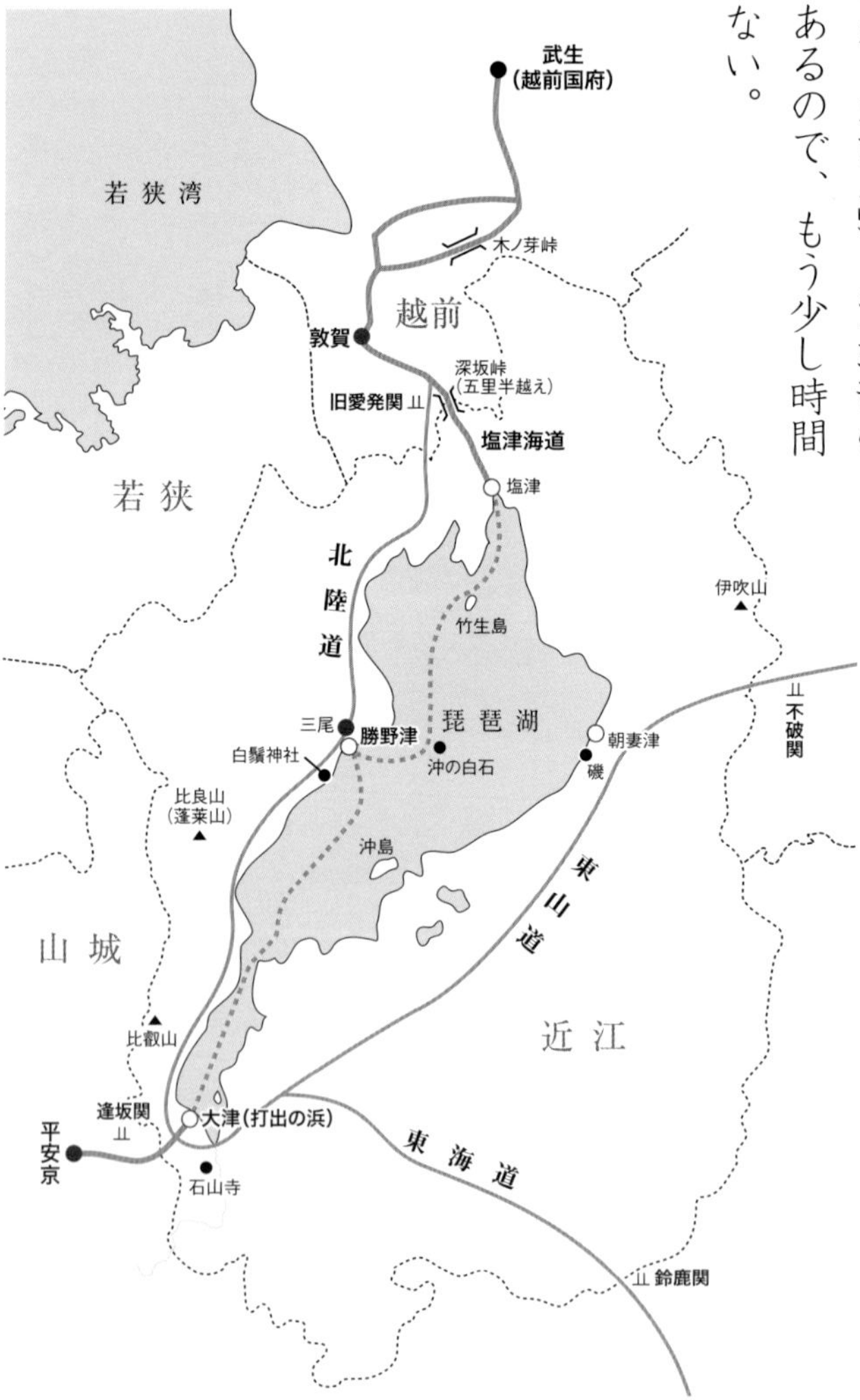


図３　京都から越前への想定ルート図

図４　塩津港遺跡の出土品より想像される当時の船　画：ヨコタヨウゾウ
（公益財団法人滋賀県文化財保護協会提供）

## 越前から京へ

当然ながら、越前国から京への帰路でも、紫式部は近江を通っている。紫式部は父為時の任期（四年間）の途中で、単身上京したと考えられる。越前滞在中から文のやりとりをしていた藤原宣孝との結婚準備のためである。紫式部の帰京は、長徳三年（九九七）の末から翌年春の頃とされている。

紫式部は単身で帰京した、とされる（清水好子、一九七三）が、もちろん現代のような「一人旅」ではなく、供の者はいたであろう。

いずれにせよ確かなことは、紫式部は近江国を二回通っている、ということである。

紫式部の歌碑
三尾の海に
網引く民の
てまもなく
立ち居につけて
都恋しも

白鬚神社（高島市）境内の紫式部歌碑

## 紫式部の和歌集

この紫式部の旅の記録は、彼女の和歌集『紫式部集』（全部で一三一首）にある。一部、自分が受け取った歌も収録されている）にある。彼女が近江で詠んだ和歌と、それが創作された背景などの説明文（詞書《ことばがき》）から旅を復元してみたい。

なお、この和歌集、紫式部自筆の原本は残っていない。種々議論があるが、少なくとも前半部分は、彼女自身が自選、詞書の執筆、編集をしたものだと考えられている。これから紹介する近江に関する歌は、全て前半にある。

この旅路において、近江で詠まれた歌は、全部で六首。以下、便宜上、詞書（現代語訳した）に整理番号（①〜⑥）を、歌には歌集での配列順の番号を振っておく（歌番号は、陽明文庫本を底本とする新日本古典文学大系による）。さらに、歌の内容を意訳しておいた。

さて、紫式部の旅の歌を紹介する前に、もう一言。

この旅の和歌について、これは往路の歌か、帰路の歌かという議論や、旅程の順番通りに歌集に掲載されているのか、あるいは何かの意図を持って配列しているのか、などの議論が為されてきた。議論の内容については、『紫式部集』各刊本の頭注などで確認されたい。

本書では、シンプルに考えたい。往路の歌は①から⑤までで、その次に越前滞在中に詠んだ歌などを挟み、⑥の歌は帰路に詠んだ歌だ、としておく。

かつては、歌に詠み込まれた地名や風景の配列から判断して、往路において、湖西ルート(①の歌)から湖東ルート(②の歌)に寄り道をしたのではないか、などとする議論もあった。

が、本書では、紫式部が見た景色をそのまま歌に詠み、それを歌集に並べた、とはしない。特に⑤の歌(29頁)が議論の焦点となるが、後年に旅を思い返しながら歌集を編纂する中で、歌を書き付けた手元のメモを見て、歌を選び、配列することで旅の思い出を再構成したのだ、と考えたい。

では、紫式部の歌を通して、平安時代の近江のどのような風景が浮かび上がってくるのか見ていこう。

まず、往路最初の歌は次の歌である。

## 往路の歌

①近江の海にて、三尾が崎という所で、漁師が網を引くのを見て詠んだ歌。

20

三《み》尾《お》の海に　網《あみ》引《ひ》く民《たみ》の　手《て》間《ま》もなく
立《た》ち居《ゐ》につけて　都《みやこ》恋しも

三尾の湖岸で網を引く漁師が、手を休める暇も無く、忙しく立ち振る舞っている様子を見ると、都が恋しくなってくる。

三尾と思われる高島市勝野付近

三尾とは、滋賀県高島市安曇川《あどがわ》町三尾里にあたる。現在のJR湖西線安曇川駅近辺である。「三尾が崎」というのは、種々の考証の結果、今の三尾里よりも南に位置する明神崎のことと推定されている。今の白鬚神社のところである。図2では、「勝野津」とあるあたりとなる。

　この「三尾」という地には、かつて、継体天皇を支えた三尾氏がいた(『日本書紀』)。つまり、古くから豪族が居住していた場所だったのである。後年、一条天皇に「この人は日本紀《にほんぎ》(『日本書紀』などの歴史書)を読んでいるね」(『紫式部日記』)と評された紫式部が、こうした歴史を知っていた可能性は高い。

縦体天皇が産まれた時の胞衣(へその緒)を埋めたと伝わる胞衣塚《えなづか》(高島市)

　網を引く、という表現から、現代人は地引き網漁法を思い起こすが、平安時代の漁法についてはよくわからない。現在の琵琶湖での漁のように、小さな漁船から網を投げて、それを引き上げる、という方法だとも考えられる。とすると、紫式部は湖上からこの漁の風景を見ていた可能性がある。ならば、三尾で一泊したと考える必要はあるまい。

　なお、湖の豊かな幸を得るために、近江では様々な漁法が編み出されてきた。ここでは説明を省くが、魞《えり》漁、簗《やな》漁、おいさで漁といった琵琶湖の漁法についても、是非調べてみていただきたい。

安曇川沖の琵琶湖独特の漁法エリ漁（橋本猛撮影）

さて、この歌自体は、活気のある漁師の様子から都を思い出すという、望郷の念を歌ったものである。

おそらく、都の自邸から牛車に乗って移動し、逢坂山を越え、打出浜《うちでのはま》（現在の大津市松本町あたり）の港から乗船したのであろう（図2参照）。琵琶湖北岸の塩津までは、舟の旅である。例えば、都から近江国府（現在の滋賀県大津市瀬田）までの行程が一日であるから（「延喜式　主計上」）、紫式部一行は大津で一泊した可能性が高い。とすると、この歌を詠んだのは旅行二日目ということになり、もう都が恋しくなっているのか、と微笑ましい。

次の歌へ行こう。

②又、磯の浜で、鶴が口々に鳴く様子を見て詠んだもの。

21

磯《いそ》がくれ　おなじ心に　田鶴《たづ》ぞ鳴《なく》
汝《な》が思ひ出《い》づる　人や誰《たれ》ぞも

磯の浜の陰の方で、私と同じ気持ちで鶴が鳴いている。何を思いだしているのだろう。誰を思っているのだろう。

高島市から朝焼けの琵琶湖

琵琶湖の東岸、今の滋賀県米原市に磯という地名がある（図3）。地名通りに琵琶湖に面していて、今も磯漁港がある。この地で詠んだ歌だとすると、紫式部一行は琵琶湖西岸の三尾から東岸の磯まで、湖面を横切ったことになる。それはあまりにも不自然なので、この歌は越前からの帰路に詠まれた歌だとする解釈も成り立つ。ここが、往路・帰路論争のややこしいところである。

高市黒人の歌碑が立つ米原市磯の湖岸

また、鶴は冬の渡り鳥だから、この歌は冬に詠まれたもので、夏の往路ではない、とも考えられる。しかし、日本の古典文学においては、夏の歌に鶴が詠みこまれることもあるらしい（山本淳子、一九九六）。よって、これのみを根拠として帰路の歌であるとは判定できない、としたい。

往路①の歌の次に配置されている②の歌を帰路の歌とするのは、やはり解釈に無理がある。ゆえに、この「磯の浜」は過去に湖西に存在した地名、あるいは、単なる湖岸という意味の普通名詞だと解釈されている（清水好子、一九七三）。つまり、三尾から北に向かった先の湖岸で鳥が鳴いていた、その声を聞いて鶴を思い出し、さらに親しい人のことを思い出した、とする方が自然だろう。

次の歌の詞書には、地名は出てこない。

③夕立が来そうな雲行きになり、稲光が見える時に詠んだ歌。

22

かき曇《くも》り　夕立《ゆふだつ》波の　荒《あら》ければ
浮《う》きたる舟ぞ　静《しづ》心なき

空がかき曇り、夕立が近づいて来て湖面が波立つので、舟が揺れている。不安だ。

野洲川河口から比良山系を望む

船旅の不安を詠むこの歌は、往路の歌と考えたい。というのは、冬の夕立は皆無ではないが、やはり夏にこそ相応しい。歌の配置からすると、三尾（①の歌）と塩津（④の歌）の間で詠まれた歌と考えられる（図3参照）。

　さて、琵琶湖の北端、塩津（図3参照）で舟を下りた一行は、ここから陸路の山越えで敦賀を目指していく。③の歌を言葉通りに解釈すれば、湖上で「夕立」に出会った後で、夜となり、塩津で一泊したと推測される。

　山越えの手段であるが、帰路では、武生から敦賀まで輿に乗ったことが、71番の歌（後述）の詞書からわかる。よって、往路の塩津・敦賀間も同じく輿で山越えをしたのであろう。

　次の歌の詞書からは、山越えの様子がよくわかる。

琵琶湖の最北端、かつて塩津港があったとされる

塩津港の式部の歌碑

④塩津山という道で、草木がおい茂って歩きにくいので、人夫としてついてきている男たちまでが、みすぼらしい姿をして「ああ、やっぱり難儀な道（「からき道」）だな」と言うのを聞いて詠んだ歌。

23

知《し》りぬらん　往《ゆ》き来《き》にならす　塩津《しほつ》山
世《よ》に経《ふ》る道は　からき物ぞと

「辛い」とあなたたちは言うけれど、いつも行き来して慣れているから、知っていたのでしょう？「塩」津山という名前だから、「辛い」に決まっているじゃない。世渡りの道は、つらく、塩辛いものなのよ。

塩津から福井への深坂峠

塩津海道のまちなみ

峠を往来する人が安全祈願のために塩を供えたので塩かけ地蔵とも呼ばれる深坂地蔵

地名の塩津の「塩」と「辛い」を「塩からい」とを関連させて詠んだ愉快な歌である。そこからさらに、人生の生きづらさに話を展開するあたりに、単なる言葉遊びで終わらない、紫式部らしい世界が広がる。

次の⑤の歌が、往路と帰路の歌の配列論争の最大の争点である。

⑤湖に「おいつ島」という岬（「州崎」）がある。その近くに、「わらはべの浦」という入り江（「入海」）があるというのが面白いので、ふと思いついて口ずさんだ歌。

24

老津島《おいつしま》 島守《しまも》る神《かみ》や 諫《いさ》むらん
波もさはがぬ 童《わらは》べの浦《うら》

老津島を守る神がいさめてくれたのだろうか。童べの浦という名前だけれども、湖面が波立たずに静かだ。

上空からの大嶋・奥津島神社付近

実がなると毎年宮中に献上される

大嶋・奥津島神社境内の郁子の木

これもまた、言葉遊びの楽しい歌である。威風堂々とした老いた神が、元気にはしゃぎまわる子どもたちをビシッと指導している様子が目に浮かぶ。

まずは、地名について説明していこう。「おいつ島」というのは、言葉の近さから、今の「大嶋奥津島《おきつしま》神社」(滋賀県近江八幡市北津田町　図1参照)に関わる場所だと考えられている。この神社は、大嶋神社(祭神は大国主命)と奥津島神社(祭神は奥津島姫命)の二社から成り立っている。現在は、内湖が埋め立てられてしまっているので「大島」は島には見えないのだが(前頁写真)。

また、この「童べの浦」とはどこにあったのか明らかではないが、名前からして、「乙女浜」(東近江市乙女浜町　図1参照)のことではないかと推測される。とすると、奥津島、乙女浜とも

乙女浜からはずいぶん離れた家棟川河口のあやめ浜にたつ式部の歌碑

に湖東の地名である。

ゆえに、この歌は帰路に湖東ルートを通った時の歌だとしたり、そもそも地名比定が間違っていて、平安時代には塩津近辺に「おいつ島」、「わらわべの浦」という地名があったのだとしたり、議論百出である。

物事をシンプルに考えたい本書では、④の歌に続けて、同じく、言葉遊びの⑤の歌を配置したのだ、としたい。「おいつ島」、「わらわべの浦」がどこにあったのかは不問にしよう（他の史料に出てこないこの二つは、そもそも正しいのか、わからないではないか）。紫式部が実際に見た景色ではなく、耳にした近江の地名から思いついた楽しい歌を、無事に終わった舟旅を振り返って言祝ぐために、往路の締めくくりに配置したのかもしれない。

さて、塩津から敦賀へ向けて移動し、越前の国に入ったのであるが、『紫式部集』にはこの後の旅の歌は記録されていない。25番以下は、越前での生活の中で詠んだ歌、紫式部が受け取った歌などを並べている。素敵な歌があるので、是非、『紫式部集』で確認していただきたい。

比叡山麓の堅田は、比叡山の庇護もあり、湖上交通の要衝として栄えた。賑わいの様子が描かれた狩野派《近江名所図》（右隻部分）室町時代（16世紀後半）（滋賀県立美術館）

## 帰路の歌

では、帰路の歌に移ろう。

実際の帰路の歌は、越前の山中の風景から始まる。詞書き冒頭に「都の方《かた》へとて、かへる山越え」とあるので、帰路に詠んだ歌であることは明白である（次頁）。

これもまた、掛詞の多い言葉遊びの楽しい歌である。猿の声に応援されて、無事に山越えをした紫式部一行は、塩津に着き、船旅を始める。

そして、続く⑥の歌（34頁）は、帰路における、近江での唯一の歌である。

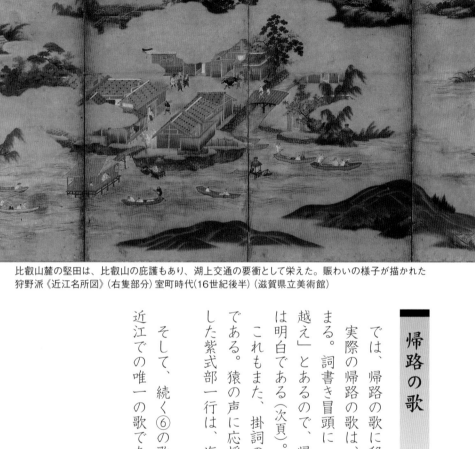

都の方への帰路の山道に、呼坂《よびさか》という所がある。これがとても難儀な道であったので、私の乗る輿をかく者たちが苦労しているので恐ろしく思っていたら、猿が木の葉の間からたくさん出てきた。そこで詠んだ歌。

71

ましも猶《なほ》　遠方《をちかた》人の　声交《か》はせ
われ越《こ》しわぶる　たにの呼坂《よびさか》

猿（「まし」）たちよ、人間からは遠い存在だけれども、お前たちも遠くからで良いので声を出して応援してほしい。この呼坂が険しくて越えるのに苦労しているのだから。

塩津と越前を結ぶ深坂越え

⑥湖にて、伊吹山の雪がとても白い様子を見て詠んだ歌。

72

名《な》に高《たか》き　越《こし》の白《しら》山　ゆき慣《な》れて
伊《い》吹《ぶき》の岳《たけ》を　なにとこそ見《み》ね

越前の白山《はくさん》の雪を見慣れた後で、伊吹山の雪を見ると、何ほどのものでもない。

高島沖の「沖の白石」その奥が雪を頂く伊吹山（橋本猛撮影）

姉川（長浜市）にかかる今村橋からの伊吹山、３合目からの稜線が美しい（橋本猛撮影）

伊吹山を白山と比較していることから、越前での暮らしを経た後での歌で、帰路の作であることは確実である。連山の美しさを持つ白山と比較して、伊吹山の孤高の冠雪も劣らずに美しいと思うが、いかがだろうか（写真上）。

なお、この歌が伊吹山の様子を詠んでいることから、「帰路は琵琶湖の東岸を通った」と考える余地もある。

が、湖西に暮らすみなさんにはよくおわかりであろうが、湖西からも伊吹山はよく見える。冬の湖西からは、冠雪した伊吹山がひときわ目立って見えるのである（写真右頁）。よって、伊吹山が詠まれているという理由だけで、帰路の航路を湖東に想定する必要はない。

この後、おそらく逢坂山あたりで読まれたのであろう歌で旅の歌は終わる。

年月を経た卒塔婆が倒れてしまって、人に踏まれるのを見て詠んだ歌。

73

心あてに　あなかたじけな　苔《こけ》むせる
仏の御顔《みかほ》　そとは見《み》えねど

足下の石が実は卒塔婆なのではないか、と思うのも、もったいない。苔むしていて、仏の顔かどうか、そうとは判断はつかないのだけれども。

京から近江に向かう途中の蝉丸神社

これも、掛詞を駆使した面白い歌である。かけらとはいえ卒塔婆を踏んでしまってはいけない、という思いが足取りを慎重にするのである。が、どこか楽しそうな顔をした紫式部が見えるような気がしてくる。これら帰路の三首(71・72・73)について、結婚を控えた紫式部のウキウキした気分を読み取る研究者もいる(今井源衛、一九六六)。

ともあれ、この旅の歌の数々から、紫式部という人は、このような言葉遊びに満ちた、楽しい歌を読む人であったことがわかるのである。

## 近江の旅と『源氏物語』

さて、この旅の経験は、『源氏物語』を執筆する際に、どこかに活かされたのであろうか。『源氏物語』「玉鬘《たまかづら》」の巻において、大宰府から都までの玉鬘一行の旅路も船旅であった。こちらは瀬戸内海の旅である。早船が「思方《(おもふ)かた》の風さへ進《す》みて、あやうきまで走《はし》り上《のぼ》りぬ(順風の風に乗って、危なくなるほどの速度で舟が進んで行った)」とある様子は、作者紫式部の実体験ではない。

しかし、湖上の不安定な船旅、この「浮きたる舟ぞ静心なき(舟が揺れて不安だ)」(『紫式部集』③22の歌)様を経験したからこそ、こうした具体的な表現がなされたのだと評価されている(清水好子、一九七三)。

以上、紫式部の近江の旅を見てきた。

みなさんの次の近江路の旅に『紫式部集』をお供に連れて行く、というのはいかがだろうか。紫式部も見た景色を、是非堪能していただきたい。

# 紫式部が見た塩津港

正確には、「見たかもしれない」なのだが。

琵琶湖の最北に位置する塩津の地名はＪＲ琵琶湖線「近江塩津行」の電車で馴染みがあるだろう。ここには、古代から賑わっていた港がある。

この地で、二〇一二年から二〇一五年にかけて、道路工事に関わっての発掘調査が行われた。これによって、古代の塩津の様子がわかってきた。

## ■塩津港

塩津港に関わる土地造成の痕跡が、出てきた（図１Ａ地点）。湖を土砂で埋め立て、舟を停める場所を造成し、さらに港に至る道などを整備している。護岸工事には様々な工法が駆使され、より安定した港の形成のための努力が為されていたことがわかる。

器物や使い捨てられた箸など、発掘された遺物も多彩で、行き来する人と物で塩津がにぎわっていたことがわかる。

塩津浜復元模型、神社の位置を示している（滋賀県立安土城考古博物館）

この埋め立て工事は一一世紀の初め頃に始まったと考えられている。ということは、紫式部が旅をした時期（往路：長徳二年（九九六）、帰路：長徳三年（九九七）冬から翌年（九九八）春）に極めて近い。

確実なことは言えないが、この発掘された地表面に紫式部が舟から降り立った可能性もある。現地に立って、是非まわりの風景を見ていただきたい。それは、紫式部も見た景色かもしれない。

## ■神社跡

この港跡が発掘されるより前、二五〇メートルほど西の地点で、二〇〇六年から二〇〇八年度にかけて大川の改修工事に伴う調査をしていた(図1B地点)。当初はこちらが港に関わる遺跡かと思われていたが、検討の結果、神社跡であるとわかった。この神社は、八~九世紀ごろから存在していたと考えられている。そして、一一世紀の神社本殿、一二世紀の本殿と拝殿などが発掘されており、のち、一二世紀末まで存続していたことがわかる。

この神社跡からは、神に誓いを立てる「起請文《きしょうもん》」を記した木簡が多数出土している。太陽光にさらされた影響で文字が薄れていることから、人目に付くような場所に置かれていたと推察される。盗みをしていないことを誓う内容、請負荷物を確実に運送することを誓う内容などがあり、当時の人々の生活を垣間見ることが出来る。

紫式部が塩津に降り立った時、この神社がどのような様子であったのかはわからない。が、『紫式部集』の⑤24の歌(29頁参照)を塩津の風景を詠んだものだとする説もある。とすると、歌に出て来る「老津島」を守る「神」とは、この神社のことだ、と推測する余地もでてくる。

塩津港の想像復元図　画:ヨコタヨウゾウ
(公益財団法人滋賀県文化財保護協会提供)

なお、発掘された塩津港および神社跡については、道の駅「塩津街道　あぢかまの里」（滋賀県長浜市西浅井町塩津浜）にパネル展示「塩津港遺跡～平安後期の塩津の神社～」がある。また、同施設には、丸子舟の実物展示もあり、往年の琵琶湖水運の様子を知ることが出来る。

是非、平安時代の塩津を体感していただきたい。

塩津港遺跡から出土した船形代（滋賀県）

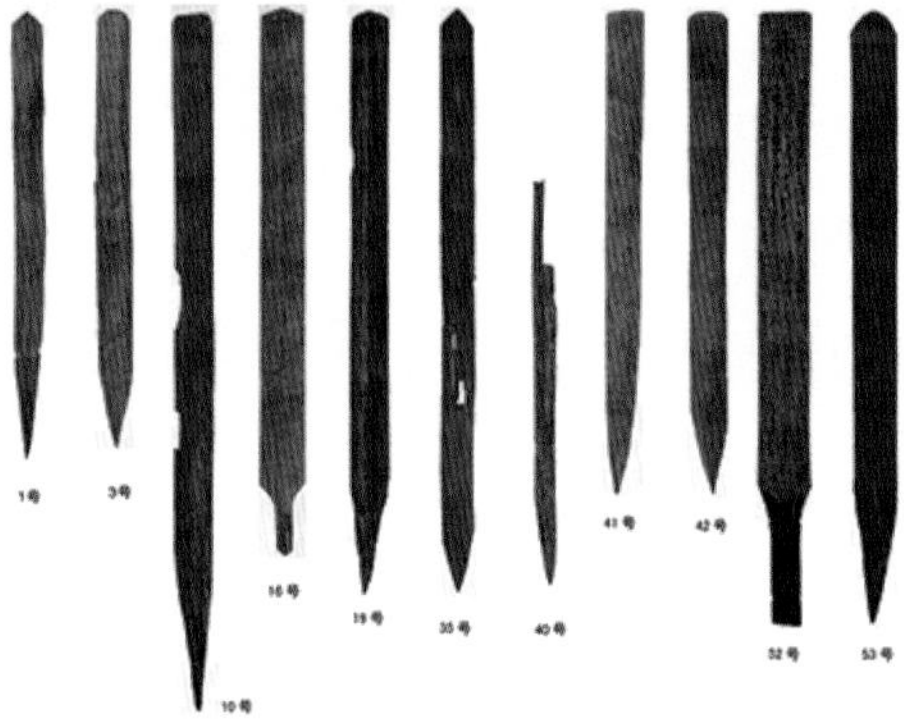



出土した起請文木札（滋賀県）

発掘された塩津の神社の様子の想像図　画：ヨコタヨウゾウ　（公益財団法人滋賀県文化財保護協会提供）

郵 便 は が き

お手数ながら切手をお貼り下さい

5 2 2-0 0 0 4

滋賀県彦根市鳥居本町 655-1

サンライズ出版 行

〒

■ご住所

■お名前《ふりがな》 ■年齢 歳 男・女

■お電話 ■ご職業

■自費出版資料を 希望する ・ 希望しない

■図書目録の送付を 希望する ・ 希望しない

サンライズ出版では、お客様のご了解を得た上で、ご記入いただいた個人情報を、今後の出版企画の参考にさせていただくとともに、愛読者名簿に登録させていただいております。名簿は、当社の刊行物、企画、催しなどのご案内のために利用し、その他の目的では一切利用いたしません（上記業務の一部を外部に委託する場合があります）。

【個人情報の取り扱いおよび開示等に関するお問い合わせ先】
サンライズ出版 編集部 TEL.0749-22-0627

■愛読者名簿に登録してよろしいですか。 □はい □いいえ

ご記入がないものは「いいえ」として扱わせていただきます。

# 愛読者カード

ご購読ありがとうございました。今後の出版企画の参考にさせていただきますので、ぜひご意見をお聞かせください。なお、お答えいただきましたデータは出版企画の資料以外には使用いたしません。

**●書名**

**●お買い求めの書店名（所在地）**

**●本書をお求めになった動機に○印をお付けください。**

1．書店でみて　2．広告をみて（新聞・雑誌名　　　）

3．書評をみて（新聞・雑誌名　　　）

4．新刊案内をみて　5．当社ホームページをみて

6．その他（　　　）

**●本書についてのご意見・ご感想**

## 購入申込書

小社へ直接ご注文の際ご利用ください。
お買上 2,000 円以上は送料無料です。

| | |
|---|---|
| 書名 | （　　冊） |
| 書名 | （　　冊） |
| 書名 | （　　冊） |

# 第二章

# 『源氏物語』にでてくる近江

一年間ほど越前で過ごした以外は都で暮らしていた紫式部は、その隣に位置する近江という地をどう見ていたのであろうか。『紫式部日記』や『紫式部集』には、残念ながら、越前との往復の旅路以外に、近江に関する記述はない。ならば、彼女が創作した物語『源氏物語』にはどのような近江が出て来るのか。物語には「近江の君」という人名も出て来る(「行幸《みゆき》」の巻など)が、ここでは近江の風景をいくつか紹介しよう。

比叡山にない堂

# 琵琶湖

『源氏物語』宇治十帖の「総角《あげまき》」の巻に、琵琶湖が出て来る。といっても、琵琶湖そのものではない。

こっそりと中君《なかのきみ》と結婚した匂宮《におうのみや》は、その妻になかなか会えないことを嘆いていた。九月(今の十月ごろ)のある日、匂宮は薫と共に宇治に紅葉狩りに出かけた。が、母の監視下では宇治川の対岸にいる中君の元へは行くことが出来ない。

その匂宮の嘆きを、物語は「あふみの海の心《ここ》ちして(※琵琶湖であるような気持ちがして)」と表現している。つまり、二人の間に横たわる宇治川が琵琶湖のような大きな隔てに見えている、ということである。「会ふ」が掛詞になっているし、淡水の湖には海藻の「海松布《みるめ》」(※「見る目」とかける)がないことを示唆している。とても手の込んだ表現なのである。

川よりも深く大きな、越えがたい障壁として琵琶湖が出て来るところが面白い。

あやめ浜

唐崎神社の夏越しの神事「みたらし祭」
湖上に人形などを奉納する

琴御館宇志丸宿禰がこの地に居住し「唐崎」と名附け持統天皇が創建したとされる。平安時代には「七瀬の祓」の一所として貴族女性等が祓えをしにやってきている。

## 唐崎（辛崎）

「辛崎」とも書かれる唐崎《からさき》は、現在の大津市下阪本町あたりで琵琶湖に面した岬である。『枕草子』二六九段に「崎は、唐崎。みほが崎（※近江の三尾崎のことか）」と出て来る。ここには、日吉大社の末社があった。

そしてこの地は、祓えをする場所として古記録などによく出て来る。『蜻蛉日記《かげろうにっき》』でも、天禄元年（九七〇）六月に道綱の母が、気晴らしをするために牛車に乗って訪れている。

左大臣藤原道長も、寛弘元年（一〇〇四）九月七日、権中納言源俊賢《みなもとのとしかた》と牛車に同車して祓えに出かけている（『御堂関白記』同日条）。京から弁当（「破子《わりご》」）を持参し、近江守に仮屋（※テントのようなものか）を作らせるなど、今ならピクニックに出かける気分である。夜には京に戻っているので、日帰りでのお出かけであった。

また、長和元年（一〇一二）九月一七日にも、道長が祓えをするために、唐崎へ出かけている。妻の源倫子《りんし》や多くの上達部《かんだちめ》・殿上人《でんじょうびと》を引き連れて行ったのであるが、大雨に降られて、途中で引き返している（『御堂関白記』同日条）。この時期、紫式部は彰子の元にいるので、主人の父母の身に起こったこの出来事を耳にしたことであろう。

紫式部自身が唐崎を訪れた記録はないが、『源氏物語』の「少女《おとめ》」の巻に出て来る。

宮中で、五節舞姫《ごせちのまいひめ》献上の儀式があった。これは、一一月、新嘗祭の最終日に行われる節会《せちえ》（※宴会のこと）で舞をまう舞姫四人を奉る行事である。太政大臣光源氏は、舞姫として摂津守惟光《これみつ》（※光源氏の親しい従者）の美人と評判の娘を出した。他には、按察大納言、左衛門督、近江守がそれぞれ舞姫を奉った。

舞姫をつとめたこの四人の娘たちについて、そのまま宮中にとどめて宮仕えをさせたい、との天皇の仰せが予め出されていた。しかし、なぜなのか理由は記されないが、今回は退出させることになった。そこで、神事を解くため、近江守の娘は唐崎で、摂津守の娘は難波《なにわ》で祓えを行った。父の官職が近江守であるから、その娘の祓えの地には近江の唐崎が相応しい、と紫式部は考えたのであろう。

さほど、唐崎は祓えの地として当時の人々に認識されていた、ということになる。

## 石山寺

石山寺には、観音菩薩の像がある（後述）。観音信仰の高まりと共に、この観音様に様々な祈願をすることが平安時代の貴族たちの信仰の一つとなった。それが、『源氏物語』にも出て来る。

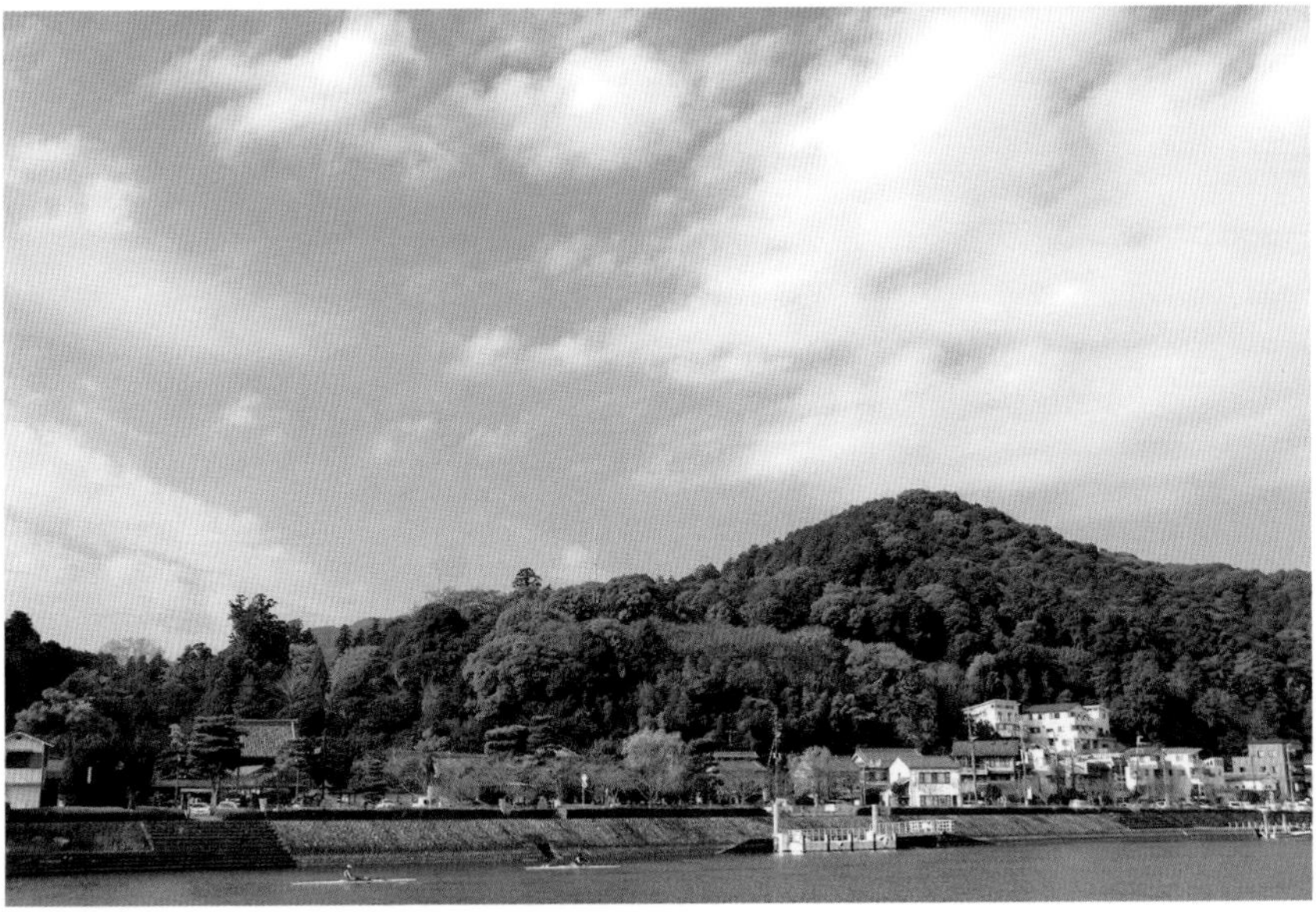
石山寺全景

例えば、『源氏物語』「真木柱《まきばしら》」の巻で、玉鬘（※光源氏の悪友・頭中将《とうのちゅうじょう》と夕顔の娘）に恋い焦がれる髭黒《ひげくろ》が、「石山の仏をも、弁のおもとをも、並べて戴かまほしう思」っている。「弁のおもと」、というのは玉鬘に仕える女房で、二人の間を取り持ってくれた人である。この女房と石山の観音様とを並べて拝礼したいほど、髭黒は恋の成就を願っているのである。実直な人物として描かれる髭黒が平身低頭して神仏に額づく様子など、想像するだに微笑ましい。

こういう時に石山の観音が出て来るのは、物語の読者たちが石山寺をよく知っているからである。その人たちは、おそらくこの観音像を見たことがあり、この髭黒の妄想シーンを頭の中で具体的に描くことができたのであろう。

石山寺に参詣することを、石山詣《いしやまもうで》、という。紫式部が石山詣をした記録は残っていないが、

『源氏物語』の中では光源氏が石山寺に出かけている。「関屋《せきや》」の巻である。

須磨、明石から無事に帰京した光源氏は、石山寺へ「御願《ぐわむ》はたしに（※以前かけた願の御礼に）」詣でることにした。その一行と逢坂山でばったりと出会ったのが、任国から帰京する常陸介一行である。その中には、光源氏を拒んだ空蝉《うつせみ》がいた。かつて出会った二人が、逢坂、つまり「会う」という名前の地で再び出会う、というストーリーである（写真左）。

このあたり、紫式部の筆がさえる。光源氏と空蝉の邂逅をスリルたっぷり、ドラマチックに描いているのである。即ち、東から西へ進んでいく空蝉一行は、女性が乗る牛車が多いので、なかなか行程がはかどらない。その日の出発地は明示されないが、まだ暗いうちから動き始め、打出の浜で夜が明けた。読者は、さては擦れ違いドラマとなるのか、と心配になってくる。

そうしたところ、西から東へ移動していく光源氏は、その頃粟田山《あわたやま》を越えたあたりにいることが読者に知らされる。ここで、石山詣の経験のある読者にはわかる。二人は逢坂山で出会うのだな、と。

が、光源氏の石山詣の噂を聞きつけた人たちが、一目見ようと集まっているので、牛車で道が混んでいる。これでは、通常のスピードで山越えができないのではなかろうか、と読者はもう一度不安に思うことになる。果たして、光源

源氏物語関谷・澪標図屏風 関屋図　俵屋宗達作(静嘉堂文庫美術館蔵、(公財)静嘉堂 /DNPartcom)

氏と空蝉は、逢坂山で出会えるのだろうか。と、読者の心を揺さぶる書きぶりになっている。

もちろん読者の期待通り、二人は逢坂の関あたりで出会い、光源氏は空蝉に人を介して語りかける。偶然の出会いなのに、「あなたを迎えに来たのですよ」と言うあたり、流石、人の心をとらえるのに長けた光源氏である。

この時、光源氏は、日帰りで石山詣を行っている。残念なことに、石山寺での出来事やその風景などは描かれていない。が、それは、石山詣の経験を持つ読者には既知のこととして、詳しい叙述を必要としなかったのであろう。

この他、『源氏物語』宇治十帖の「蜻蛉」の巻では、薫が石山寺に籠もっている、とされ、また、「浮舟」の巻にも、結局中止するのだが、石山詣の話が出て来る。

## 逢坂山

近江と京を隔てる逢坂山については、『源氏物語』「賢木《さかき》」の巻で、六条御息所の伊勢行きを見送るしかない光源氏の歌に詠まれている。

行《ゆ》く方《かた》を　ながめもやらむ　この秋は
逢坂山《あふさか》を　霧なへだてそ

（あなたの行く方向を見ていますよ。だから、霧よ、今年の秋は逢坂山を隠さないでいておくれ）

京から伊勢への道行きで、途中、逢坂山を越えるからこその歌である。

この他、光源氏が朧月夜に送った歌にも、「逢坂」が出て来る（「若菜上」）。会いたいのになかなか会えない恋人への歌に「逢坂」を読み込むのは、この時代の〝お約束〟であった。

逢坂の関跡の石碑と常夜灯

## 比叡山

『源氏物語』には、「比叡《ひえ》の法花《ほっけ》堂」（※延暦寺）で夕顔の四十九日の法要を行うなど（「夕顔」）、延暦寺が顔を出す。

そもそも、光源氏の親しい従者惟光の兄は延暦寺の阿闍梨であるし（「夕顔」）、藤壺の母方の叔父が「御をぢのよかわの僧都《そうづ》」（※比叡山の横川）として出て来る（「賢木」）。

つまり、京から見える比叡山は、その東にある延暦寺を思いながら眺める山なのである。

以上見てきたように、『源氏物語』には近江の風景がよく出て来る。しかも、読者が近江に行ったことがあり、その風景をよく知っていることを踏まえて描いている。

近江という地は、かほど、都の人々の身近にあった。

比叡山横川の恵心堂。恵心僧都源信が住んだことから恵心堂と呼ばれる

# 近江の伝承

逢坂関長安寺の牛塔、藤原道長が建立したと伝わるが、近年の調査では鎌倉時代の作

紫式部の父藤原為時が出家した三井寺の百体堂、正式名称は園城寺というが天智・天武・持統天皇が産湯を使った伝承から三井寺という

小野一族出自の地の大津市小野には小野篁・小野道風を祭神とする神社があり、祖の妹子の墓と伝わる唐臼古墳が隣接する

甲賀市土山に残る伊勢斎宮（斎王）が宿泊した頓宮跡、毎年3月には斎王群行が再現される

小野小町誕生の地と伝わる彦根市小野の小町塚

晩年を近江で過ごしたと伝承される在原業平の墓

## 『第三章』

# 石山詣をする人々

平安時代の貴族たちの間で流行ったものの一つに、石山詣がある。石山寺の本尊は、如《にょ》意《い》輪《りん》観《かん》世《ぜ》音《おん》菩《ぼ》薩《さつ》（以下、観音菩薩と呼ぶ）である。平安中期には、観音信仰の高まりとあいまって、京近郊の参詣しやすい寺として石山寺に人気が集まった。残念ながら、紫式部が石山詣に出かけた、という記録は残っていない。しかし、都に暮らす多くの貴族たちが石山寺参詣に行っていることから、記録になくとも紫式部も行ったことがある、と考えても良いのではないか。

ということで、ここでは、当時の石山詣の様子を見ていきたい。

石山寺多宝塔

## 絵巻『石山寺縁起絵巻』

石山詣の様子は、絵巻に描かれている。『石山寺縁起絵巻』（全七巻。石山寺蔵。重要文化財）は、良弁《ろうべん》僧正（六八九〜七七三年）が天平勝宝元年（七四九）に託宣を受けて石山寺を創建した様子や、観音菩薩の力を示す霊験譚などを描いた絵巻で、鎌倉時代の末期、一四世紀に成立したと考えられている。念のために付け加えると、これは、紫式部が生きた時代よりも三〇〇年以上後の作品である。

この絵巻には、様々な人々が寺に参詣する様が描かれている。その中から、以下の五人の参詣風景を紹介したい。絵巻に登場する順番に名前を列挙すると、宇多法皇（巻一）、道綱の母（巻二）、円融上皇（巻二）、東三条院詮子（巻三）、菅原孝標の娘（巻三）である。なお、紫式部が石山寺に参籠している様子は、絵巻の巻四に描かれている。

では、描かれている参詣者をまず男性から紹介していこう。

## 宇多法皇の参詣

宇多法皇（八六七〜九三一年）は、実際に延長六年（九二八）など複数回、石山詣をしている（『扶桑略記《ふそうりゃっき》』同年閏八月一七日条など）。

一方、絵巻の詞書きは、記録に残る史実ではなく、『大和物語』（第一七二段）の記述を元にしている。絵には、宇多法皇が乗る檳榔庇車《びろうひさしのくるま》、乗馬して、あるいは徒歩で従う者たちが、湖畔を行く様子が描かれている。途中で乗り換えるための馬も用意されていて、当時の石山詣の道行きを彷彿とさせる。

円融上皇の参籠「石山寺縁起絵巻」巻二第五段（石山寺蔵）

## 円融上皇の参籠

次に、円融上皇（九五九～九九一年）は、寛和二年（九八六）九月二九日に石山寺に参詣し、帰り道に舟で崇福寺《すうふくじ》に立ち寄っている（『百練《ひゃくれん》抄《しょう》』同年一〇月三日条）。この崇福寺は、現在の大津市滋賀里にあった寺で、中世以降は記録から消えてしまった。

絵巻の詞書きは、上皇の参籠を出家直後の寛和元年（九八五）一〇月一日からのこととする。絵には、石山寺金堂に参籠する上皇の姿（簾越しに存在が示されている）と畳に座るおつきの者たち（白い衣を着ている）の姿がある。また、お布施として用意した布と錦を入れた唐櫃を運ぶ様子も描かれる。詞書きは、石山寺参詣からの「還御のついでに、崇福寺へもおなしく」出かけた、とある。絵巻の詞書きと記録とでは一年違うのだが、おそらく同じ参籠を指しているの

藤原道綱母の石山参詣「石山寺縁起絵巻」巻二第三段（石山寺蔵）

であろう。

この二人が絵巻に登場するのは、実際に参詣した記録が残っているからだけではなく、石山寺が天皇家の人々の崇拝も得ていたことをアピールする意味合いもあったのだろう。

## 道綱の母

天禄元年（九七〇）七月、道綱の母は石山詣に出かけた。夫、藤原兼家の訪れが途絶えがちになり、心に秘めた思いを持っての「十日ばかり」の参籠である。『蜻蛉日記』はこの道行きをくわしく記録してくれている。

道綱の母はこっそりと出かけようと、仲の良い妹にも知らせずに、夜明け前に徒歩で出発した。当時、何か願い事がある時には徒歩で寺社参詣するのが通例であった。少なくとも往路は

逢坂山を行きかう人々が休息した「走井」

自分の足で行く方が、願いが叶うと考えられていたらしい。男性貴族の場合でも、例えば藤原実資の石山詣も、行きは徒歩であった(『小右記』永延元年(九八七)正月二七日条)平安貴族は、男性も女性も、案外歩くのである。

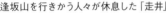

さて、まだ暗いうちから自宅を出たのであるが、賀茂川にさしかかったあたりで、家の者に追いつかれた。有明の月が明るかったが、誰にも出会わない。粟田山の山道は苦しいが、走るように駆け抜け、山科あたりで夜が明けた。これは、かなりのスピードである。

そして、逢坂山の西にある泉(走井《はしりい》)のあたりで弁当を食べていると、若狭守の一行に出会った。それをやり過ごして、逢坂の関を越え、打出の浜に着いたところ、先回りしていた従者が舟の手配をしてくれていた。ここから石山寺までは、舟に乗るのである。寺に着いたのは、「申《さる》のおはりばかり」つまり、午後五時頃であった。旧暦七月（今の八月ごろ）のことなので、あたりはまだ明るかっただろう。

さて、夜になって、まずは斎戒沐浴《さいかいもくよく》（心と体を清めること）をする。それから御堂（本堂）にあがる。そこで「後夜《ごや》」（午前三時から五時）の勤行を行う。それが終わってから本堂を降りて、斎屋《ゆや》（斎戒沐浴や休憩する場所）に向かう。そして昼間は、瀬田川の風景を眺めながら過ごし、また、夜から夜明けまで本堂で勤行をする。というのが、石山寺参籠のやり方である。

道綱の母は、夜の勤行中、「あか月がた」（夜明け前ごろ）に夢を見ている。それは、石山寺の法師らしき人物が、銚子の水を右膝にかける、という夢である。道綱の母はこれを吉夢と考えたようである。

と、『蜻蛉日記』中巻に書かれている。

『石山寺縁起絵巻』は、この夢を見ているシーンを描き出している。部屋の外で居眠りをする男性従者二人、女房一人がいる。部屋の内側では、二人の侍女が何やら楽しそうに話をするその奥で、道綱の母が夜具の中で眠っている。立て膝をしているその右足に、僧侶が水をかけている。

さらに詞書きは、藤原兼家も八月二日から参籠し、仏の加護によって二人の仲は元通りになった、と記す。そのことから道綱の母は信心を深くし、常に参籠するようになった、という。

この石山寺での二人の出会いは、『蜻蛉日記』には記されていない。『蜻蛉日記』によると、八月二日に兼家がやって来たのは、道綱の母の京にある屋敷である。こうした物語の改変は、絵巻が石山寺参籠の効果を喧伝したい、いう意図の表れであろう。

『石山寺縁起絵巻』は『蜻蛉日記』などの元ネタを正確に描写しているとは限らない、ということを覚えておこう。

建部神社の船幸祭りに船渡御、瀬田川唐橋付近

なお、道綱の母の帰路は、やはり舟旅であった。瀬田橋のあたりで夜が明けた、という。途中で、兼家が差し向けた迎えの舟とすれ違った。それが間に合わなかったので、石山の舟に乗ったのであった。そして、打出の浜からは、都から迎えにやって来た牛車に乗っている。

## 菅原孝標の娘

菅原孝標の娘は、寛徳二年(一〇四五)一一月に石山詣に出かけている(『更級日記』)。雪が降る日に、逢坂山を越え、上総から上京した時にも見た打出の浜の景色を懐かしみ、日暮れ頃に石山寺に到着した。

絵巻は、雪の中を逢坂の関を越える一行の様子を描いている。孝標の娘は手車に、おつきの女房たちは馬に乗っている。孝標の娘とは逆向きに、馬の背に米俵を二つ乗せて都へ運び込む

菅原孝標の娘の石山参詣「石山寺縁起絵巻」巻三第三段（石山寺蔵）

一行もいる。関の賑わいがわかる場面である。

さて、孝標の娘も斎戒沐浴してから御堂にあがり、勤行を始めた（『更級日記』）。その時、疲れから、つい眠ってしまい、夢を見た。というあたりは、道綱の母と同じパターンである。

この様子も絵巻に描かれている。御堂の畳の上では僧侶が祈りを捧げており、その横の小部屋で孝標の娘が横になって寝ている。その頭の上に、几帳から手を出して、紙に包んだ何かを差し出す人物がいる。夢の中で「麝香《じゃこう》を賞いましたから、あちらへ知らせなさい」と言われた（『更級日記』）、とあるのを図示したのだろう。

夢の話なので、何のことか合理的な解釈はできないのだが、孝標の娘は、これを吉夢だと考えている。そして、目を覚ましてからは勤行に集中し、三日間の参籠を果たすことができた。

この後、孝標の娘はもう一度石山寺に参籠したことを日記に記している。彼女は、石山寺以

外にも、長谷寺や鞍馬寺にも参籠しており、活発で行動的な女性であったことがわかる。
朝、都を出れば、夕方には石山寺に到着できる。石山寺は、一泊二日、あるいは三日参籠する三泊四日の小旅行には最適な場所だったのである。

逢坂山の関蝉丸神社本殿

## 藤原詮子（東三条院）

一条天皇の生母である藤原詮子《せんし》（九六一～一〇〇一年）は、あの藤原道長の姉である。正暦二年（九九一）に病を得て出家し、東三条院となった。皇族出身でなくとも太上天皇に准ずる待遇を得ることができる、という女院《にょいん》号の初例である。弟道長の政治をバックアップした人物でもあり、いわば摂関政治におけるゴッドマザーとして世に君臨した人である。

この東三条院が石山寺に参詣した記録は七回分が残っており、うち次の二回が『石山寺縁起絵巻』に描かれている。

①正暦三年の参詣

正暦三年（九九二）二月二九日の参詣について、『日本紀略』や『扶桑略記』、『百練抄』といった記録類は、女院が出かけたという事実を記すだけで、詳しい事情はわからない。

一方、『石山寺縁起絵巻』は、詞書きに「正暦三年二月廿九日、東三条院当寺に臨幸あり」と日付を明記した上で、女院一行の道行きの様子を絵に描いている。

牛車が五輛もいる。うち、行列の先頭を行く檳榔廂車は格の高い車なので、ここに女院が乗っているのであろう。その後に、八葉車《はちようのくるま》一輛、文車《もんのくるま》が二輛いて、いずれも出衣が見えるので、女性が乗っている。おそらく、おつきの女房だろう。その後ろから、文車が一輛。この車は前簾を上げているので、直衣姿の男性が乗っているのが見える。詞書きに「内大臣粟田も、車にて寺まてまいり給けり」とあることから、この車に乗る男性は内大臣藤原道兼ということになる。

ところで、「車にて寺まで」と詞書きがわざわざ説明するあたりが、不審である。これは、

石山寺の観音堂

石山詣の際に途中で舟に乗り換えることなく陸路を行く場合があったから、かもしれない。が、そんな参詣路があったのか、実はわからない。

それよりも、この記述は、この後、長徳元年（九九五）二月二八日に行われた、女院の石山詣のエピソードを念頭に置いていると考えてみたい。

この年の女院石山詣について、藤原実資が『小右記』に記録している。この時も、弟の道長、あの道綱など、公卿たちも同行した。内大臣伊周も同行していたのだが、粟田口（京の東、逢坂山の西）で車を降り、京に戻ると言い始めた。すると、騎馬していた道長が、馬を伊周の車を牽く牛の面前にまで近づけた。両者にらみ合う形である。道長は、伊周の行為を批判しているのである。このエピソードは、『大鏡』に臨場感溢れる筆致で描かれている。

実は、事情があって石山詣の同行を中断し、京に戻る、ということは他にも例がある。藤原行成の日記『権記』には、騎馬で同行していた藤原斉信《ただのぶ》と源俊賢が政務のため、二条大路の東端、鴨川の河原のあたりで馬を下りている（長徳四年（九九八）二月一一日条）。そして、そこから牛車に乗り換えて宮中に戻った。

これは正当な理由があって引き返した事例だが、長徳元年の伊周の場合、人々が納得する理由はなかったらしい。この前年、関白である父道隆のバックアップを得て二一歳の若さで内大臣となった伊周には、自分の行く手を阻む右大臣道長、その道長を後見する女院に対して思うところがあったのだろう。

伊周の父道隆が疫病にかかって死去するのは、女院石山詣の約一ヶ月後、長徳元年四月一〇日のこと。彼自身が事件を起こして左遷されるのは、翌年四月のことである。

石山寺本堂の回廊

さて、女院の帰路にも注目したい。絵巻の詞書きによると、女院は石山から舟に乗り、唐崎に寄って祓えをしている。このあたりで遊女たちが舟に乗って近づいてきたので、お供の者たちは衣を脱いで与えた、とある。この様子は、絵には描かれていない。

ここで思い出すのは、長徳二年（九九六）九月に行われた女院石山詣の記録である。九月三〇日に帰洛した、という記録が『小右記』（同日条）に残っている。いつから参籠していたのかは不明であるが、都からは、源頼正《よりまさ》たちが迎えに行った。女院は石山から舟に乗り、唐崎で祓えをした。その時、遊女の乗る舟が女院の乗る舟に近づいてきた。そこで、お供をしていた女房や公卿たちが衣を脱いで渡した、とある。

これも、絵巻の詞書きと一致しているではないか。

石山寺ご本尊のお前立

ということは、絵巻の詞書きは、正暦三年の女院石山詣に、長徳元年および長徳二年の石山詣のエピソードを盛り込んでいることになる。『石山寺縁起絵巻』という資料が、史実を正確に描き出すことを目標にしていない、というのは明らかである。

東三条院の長保三年の石山詣「石山寺縁起絵巻」巻三第二段（石山寺蔵）

②長保三年一〇月二七日

絵巻は、もう一つ、長保三年(一〇〇一)に行われた、女院詮子の石山詣の様子を描く。詞書きによると、「おなしき三年九月に」に参詣が行われている。中でも、逢坂の関を越えるときに、お供をした女房と詠み交わした歌が載っている。絵も逢坂山を越える一行の様子を描く。女院が乗っている檳榔庇車と、出衣をのぞかせる文車(お供の女房が乗っている)が山道を進んでいる。そして、金堂での壮麗な法会の様子を描いている。

絵巻は九月のこととするが、実際には一〇月二七日の参詣である。同行した参議藤原行成が自身の日記『権記』に記録している。他にも、左大臣藤原道長、大納言藤原道綱、参議源俊賢、従三位平親信《たいらのちかのぶ》がお供をした。寺に到着したのは「黄昏」であったが、夜になってから、道長は、行成、親信と共に京に戻った。よって、そ

の後の寺での行事の様子は、残念ながら、日記には記録されていない。
この参詣は、『栄華物語』（巻七　とりへ野）にも記述がある（九月のこととしているが）。そこには、布施の品々を用意する様子、寺では滅罪生善のための護摩や万灯会を行ったことが記されている。
これは、東三条院にとって最後の石山詣となった。詮子は、同年一二月二二日の酉の刻（午後六時頃）、藤原行成の屋敷で死去した。享年四〇歳（彼女は、平安時代に生没年がわかる女性として、歴史上、貴重な事例の一人である）。一〇月九日に四十の算賀を行ったところであった。

## 石山詣の手順

以上のことから、平安時代の石山詣の方法をまとめておこう。

京を朝早くに出発しよう。願い事がある場合には、徒歩で行くことが望ましい。そうでなければ、牛車に乗ろう。鴨川を渡って、粟田口から逢坂山の山道を越え（途中、走井で休憩しても良い）、琵琶湖畔の打出の浜へ。そこから舟に乗り換えて、瀬田川を下って石山寺まで行く。到着は夕方ごろになるだろう。

斎戒沐浴をしてから、夜に本堂へ。一晩中、勤行を行う。この時、疲れからつい寝てしまうかもしれないが、その時に見た夢はしっかりと覚えておこう。その夢は、神仏のお告げかもしれない。

朝になったら、宿所へもどる。日中は、ゆっくりと過ごして、夕方からまた斎戒沐浴をし、夜の勤行に備える。その繰り返しである。

観音菩薩に祈りを捧げる日々を過ごしたら、帰ろう。帰路は朝、石山から舟に乗って、瀬田川を北に向かい、打出の浜へ。途中、唐崎に寄り道をして、祓えを行っても良い。迎えの牛車が来ているだろうから、それに乗って逢坂山を越えよう。自宅に着く頃には、夜になっているだろう。

現代人ならば、非日常を楽しむために温泉旅行に出かけたり、キャンプに行ったりする感覚に近いのだろう。しかも、観音菩薩に祈りを捧げることで、仏の加護が期待される。片道一日の行程で、こうした経験ができるのだから、なるほど、平安貴族達が石山詣を好んだわけである。

記録には残っていないが、紫式部も石山詣をしたことがあるだろうと推測する所以である。

# 第四章

# 『源氏物語』の聖地・石山寺

最後に、紫式部が石山寺で『源氏物語』を書いた、という伝承（伝承である）について考えよう。以下、典拠となる史料をあげて、説明していきたい。

石山寺境内

## 『石山寺縁起絵巻』の紫式部

一四世紀、紫式部の生きた時代から三〇〇年以上の時間が経った後に成立した、と考えられる絵巻第四巻の冒頭は、以下の詞書きから始まる。

紫式部は、右少弁藤原為時朝臣か女、上東門院の女房にて侍りけるに、一条院の御をは選子内親王よりめつらしからん(む)物語や侍と、女院へ申されたりけるを、式部におほせられて、つくらせられけれは、

為時の娘である紫式部は、女房として女院(上東門院彰子)に仕えていた。ある時、一条天皇の叔母にあたる選子内親王(九六四〜一〇三五年)から女院(まだ中宮であった時期の話であろうが)に、「何か珍しい物語はないか」とたずねられた。そこで紫式部に作らせた物語が、『源氏物語』である。と、『源氏物語』執筆のきっかけを説明している。

選子内親王は、村上天皇の娘で(母は中宮藤原安子《あんし》(藤原師輔《もろすけ》の娘))、五七年間も賀茂斎院を務めたため、「大斎院」とも呼ばれる。彼女を中心とする文化サロンは、中宮彰子を中心とするそれに対抗する存在として『紫式部日記』に登場する。つまりは、紫式部たちのライバルだったのである。その人からの執筆依頼はいわば挑戦状であり、ゆえに力を込めて書かれた傑作『源氏物語』が誕生したのだ、とするのである。

## 『無名草子』の見解

これは、鎌倉時代、紫式部が生きた時代から二〇〇年ほど後に成立した物語評論、『無名草《むみょうそう》子《し》』にあるエピソードと同じストーリーである。年老いた尼が女房たちの会話をまとめた、という構図になっている『無名草子』(藤原俊成の娘の作、とされる)は、以下のように説明している。

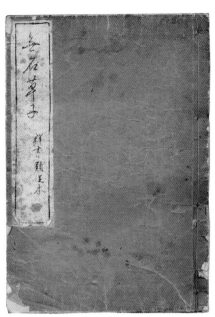

鎌倉時代に成立した物語評論『無名草子』

選子内親王から依頼を受けた彰子は、どの物語を渡せば良いか、紫式部に相談した。すると、紫式部は「珍しい物語はないので、新しく作ってはいかがでしょうか?」と提案し、それに対して彰子が「ならば、あなたが作りなさい」と指示した。それが、『源氏物語』ができたきっかけなんですって、という伝聞情報を披露する人に対して、「いや、そうじゃなくて、女房づとめに出る前にもう『源氏物語』はできていて、それゆえに召し出されて、紫式部という名が付けられたのだそうよ」と言う人もいる。

『無名草子』が「いづれかまことにてはべらむ(どっちが本当かしらね)」と評するのを、絵巻は前者の説を採用した、ということになる。

なお、本書は、先述したように、どちらかというと後者に近い見解を持っている。

## 石山寺での執筆

さて、絵巻『石山寺縁起絵巻』の詞書きの続きによると、物語執筆を依頼された紫式部は、石山寺に出かけた。

この事を祈申さむとて、当寺に七ケ日こもり侍けるに、水うみのかた、はる〱とみわたされて、心すみてさま〱の風情、眼にさへ《（い）》ぎり心にうかみけるを、とりあへぬ程にて、料紙なとの用意もなかりけれは、大般若の料紙の内陣にありけるを、心の中に本尊に申うけて、思あへぬ風情を書きつゝけける、彼罪障懺悔のために大般若経を一部かきて、奉納しける、いまに当寺にありとそ、この物語かきけるところをは、源氏の間と名つけて、その所かはらすそ有なる、彼式部をは、日本紀の局とて、観音の化身とも申つたへ侍り、

物語の執筆の前に仏に祈ろうと考えた紫式部は、七日間、石山寺に参籠した。湖を眺めていると心が澄み渡り、物語が心に浮かんできた。手元に紙がなかったので、寺にあった「大般若経」用の紙を借りて（心の中で、ご本尊にお詫びして）、物語を書き始めた。懺悔のために紫式部が奉納した「大般若経」は、今も石山寺に所蔵されている。そして、この物語を書いた場所が「源氏の間」と名付けられ、今も変わらず存在している。この式部は「日本紀の局」と呼ばれていて、観音様の化身だと言い伝えられている、とある。

そして絵巻には、簾の横から外を眺める紫式部の姿と、遙かに見える湖水に映る月が描かれている。ちなみに、かつて存在していた二千円札に採用された図柄とは構図が違う。

このように具体的な記述がなされているので、つい信じたくなってしまうが、紫式部が石山寺

で『源氏物語』を書いたというのは、史実ではない。本書がすでに述べてきたように、そもそも、紫式部が石山詣をした証拠すら、存在しないのだから。

## 『河海抄』の見解

この石山寺での執筆エピソードと同じ話は、『河《か》海《かい》抄《しょう》』にもある。

『河海抄』は、四辻善成が執筆した『源氏物語』の注釈書で、貞治六年(一三六七)頃に成立したと言われている。これは、紫式部が生きた時代から三〇〇年以上経っている。

『河海抄』は、『源氏物語』執筆の切っ掛け(「此物語のおこり」)には、諸説ある(「説々あり」)とした上で、石山寺参籠のエピソードを次のように紹介する。

おりしも八月一五日の満月の夜で、湖水に月が映り、心が澄みわたる心地で、頭に浮かんだ物語を忘れないうちに、と大般若経の料紙に書き始めた。これが、「須磨の巻」である。と、『河海抄』は言う。

『無名草子』からさらに情報が加わっており、伝承のストーリーが展開していることがわかる。

皆が、「あのような長大で面白い物語をどうやって思いついたのだろう?」と興味を持つからこそ、こうした伝承がふくらんでいくのである。

念のために言うと、紫式部が石山寺で『源氏物語』の構想を練った、とか、執筆した、とか、琵琶湖を見て海が出て来る「明石」の巻を書いた、というのはすべて史実としての確認はできない。

が、本書は、こうした伝承が生まれ、展開していったこと自体に興味を引かれる。伝承は、物語の読者が、そのストーリーだけではなく、

石山寺東大門

作者や制作動機、時代背景にまで関心を広げていた証拠なのだから。

『石山寺縁起絵巻』で語られる紫式部の物語執筆エピソードは、彼女の死後にできた物語評論や解説本の見解をまとめて生み出された伝承である。言い換えると、鎌倉時代に流布した噂話を絵巻が記録したことで、史実と異なる伝承は観音菩薩の霊験譚となった。

こうして、『源氏物語』の愛読者にとって、石山寺は〝聖地〟となったのである。

## 石山寺の戦略

さて、話はここで終わらない。

石山寺は、『源氏物語』の〝聖地〟であることを自負し、それを維持するために積極的な環境整備と資料蒐集を行った。

例えば、執筆の現場である「源氏の間」。絵巻の詞書きにあるように、一四世紀にはすでに存在していた。言い換えると、そのころから、愛読者たちが紫式部の故地として石山寺にやって来ていた、ということである。「源氏の間」からは琵琶湖は見えないので、伝承との違いにがっかりした人もいたであろうが。

本尊木像如意輪観音半跏像

また、この伝承は、多くの美術品を生み出した。紫式部の肖像画だけでも、桃山時代の狩野孝信（一五七一～一六一八年）筆と伝わる絵、江戸時代に土佐《とさ》光起《みつおき》（一六一七～一六九一年）が書いたものや、現代の堂本《どうもと》印象《いんしょう》（一八九一～一九七五年）の作品など、多くが石山寺に所蔵されている。

もちろん、『源氏物語』についても、関連作品が多く所蔵されている。なかでも、江戸中期に作成されたと考えられる『源氏物語画帖』は、圧巻である。

また、物語の場面を描いた色紙（土佐光起筆

「源氏物語図色紙」など）や屏風（土佐光成筆「源氏物語図屏風」など）、衝立（「源氏物語図衝立」など）など、枚挙にいとまがないほど、実に様々な時代の、様々な関連作品が石山寺に存在する。なによりも、江戸時代に松平定信（一七五八〜一八二九年）が寄進した『源氏物語』の写本がある。

詳しくは、展覧会の図録などを御覧いただきたい。

このように、石山寺は、『源氏物語』に関わる作品を生み出す場となり、かつ、資料蒐集にも積極的に取り組んできた。寄贈される品も多い。まさに、『源氏物語』の研究センターの様相を呈しているのである。

それが証拠に、今もなお、石山寺所蔵の史料を活用して、『源氏物語』の研究が深められている。

紫式部の『源氏物語』執筆伝承を、史実とは違う、単なる伝承だ、などと侮ることなかれ。『源氏物語』の〝推し〟たちのパワーは絶大である。

# おわりに

## 駆け足で語ってきたが、紫式部と近江の深い関係を理解していただけただろうか？

石山寺には、今も、『源氏物語』好きの人々が訪れる。寺のたたずまいに紫式部の姿を探し、「源氏の間」での執筆の様子に思いを馳せる。これは、紫式部自身も想定していなかった、新たな〝石山詣〟のあり方だろう。寺の側も、すでに江戸時代から起筆伝説を絵に描いて可視化し、パンフレットのようなものに仕立てて参詣者に配付し、広めていった（池田大輔、二〇二三）。こうなると、史実かどうかは、もはや関係なくなってくる。『源氏物語』を石山寺で書いたという伝説は、人々の間に定着していったのである。

滋賀県では、平安時代に生きた紫式部が見たであろう景色を眺め、その旅路を追体験することができる。そして、『源氏物語』に描かれる近江の様子から、当時の歴史と文化への理解を深めることもできる。さらに、物語好きの人たちが、長い年月をかけて編み上げていった伝説に浸ることまでできてしまう。

一〇〇〇年以上も昔に作られた物語と、今もこのような関係を持つことができるとは、なんと素晴らしく、そして、楽しいことなのであろうか。

## ◎紫式部略年譜

| 年 | 西暦 | 年齢（数え年） | 事蹟 |
|---|---|---|---|
| 天禄元年 | 九七〇 | 一 | このころ、誕生。<br>※他に、天延元年（九七三）誕生説などがある。 |
| 三年 | 九七二 | 三 | 弟、惟規誕生。 |
| 天延元年 | 九七三 | 四 | このころ、母、死去。 |
| 正暦五年 | 九九四 | 二五 | このころ、姉、死去。 |
| 長徳二年 | 九九六 | 二七 | 正月、父・為時、越前守に。<br>夏、紫式部、越前へ。近江国を通る（往路）。 |
| 三年 | 九九七 | 二八 | 冬、紫式部、帰京。近江国を通る（帰路）。<br>※翌年の春、とする説もある。 |
| 四年 | 九九八 | 二九 | 秋か冬、藤原宣孝と結婚。 |
| 長保元年 | 九九九 | 三〇 | この年、娘・賢子、誕生か。 |
| 三年 | 一〇〇一 | 三二 | 四月二五日、夫・宣孝、死去。 |
| 寛弘三年 | 一〇〇五 | 三七 | 一二月二九日、中宮彰子に出仕。<br>※前年の同日、とする説もある。 |
| 五年 | 一〇〇八 | 三九 | 九月、土御門殿での中宮彰子の出産に同行。<br>一一月一日、藤原公任が「わが紫」と呼びかける。<br>このころ、『源氏物語』の清書本作成。 |
| 長和二年 | 一〇一三 | 四四 | 五月二五日、実資の用件を皇太后彰子に取り次ぐ（『小右記』）。 |
| 三年 | 一〇一四 | 四五 | 春頃、死去か。<br>※万寿三年（一〇二六）まで生存確認（五七歳）できる、とする説もある（倉本一宏、二〇二三）。 |

## ◎主な参考文献

紫式部や『源氏物語』の研究は膨大にある。その中から、本書が直接参考にしたものを紹介する。


■紫式部について

・今井源衛『紫式部』（吉川弘文館、一九六六年、のち、新装版、一九八五年）

・清水好子『紫式部』（岩波新書、一九七三年、のち、特装版、一九九五年）

・角田文衞『角田文衞著作集　第七巻　紫式部の世界』（法蔵館、一九八四年）

・服藤早苗『「源氏物語」の時代を生きた女性たち』（日本放送出版会、二〇〇〇年）

・倉本一宏『人をあるく　紫式部と平安の都』（吉川弘文館、二〇一四年）

・服藤早苗・東海林亜矢子編『紫式部を創った王朝人たち―家族、主・同僚、ライバル―』（明石書店、二〇二三年）

■『紫式部集』について

・南波浩『紫式部集全評釈』（笠間書院、一九八三年）

・『国文学解釈と教材の研究 特集：紫式部―源氏物語論への回路』（一九八二年）

・山本淳子「心の旅―『紫式部集』旅詠五首の配列―」『日本文学』第四五巻第一二号、一九九六年

■『源氏物語』について

・秋山虔『源氏物語』（岩波新書、一九六八年）

・伊井春樹『源氏物語の伝説』（昭和出版、一九七六年）

・今井源衛『源氏物語への招待』（小学館、一九九七年）

・畑裕子『近江旅の本　源氏物語の近江を歩く』（サンライズ出版、二〇〇八年）

・三田村雅子『ＮＨＫ「１００分 de 名著」ブックス　紫式部　源氏物語』（ＮＨＫ出版、二〇一五年）

・三田村雅子「「紫式部」の誕生」『芸術新潮』第七四巻第一二号：特集：21世紀のための源氏物語（新潮社、二〇二三年）

■塩津港について

・滋賀県教育委員会・公益財団法人滋賀県文化財保護協会編『大川総合流域防災事業に伴う発掘調査報告書1　塩津港遺跡1』

長浜市西浅井町塩津浜』〈遺構編〉・〈遺物編1〉・〈遺物編2（木簡）〉（二〇一九年）
・滋賀県立安土城考古博物館編『塩津港遺跡発掘調査成果展　古代の神社と祭祀を中心に　第60回企画展』（二〇一九年）
・水野章二編著『よみがえる港・塩津　北国と京をつないだ琵琶湖の重要港』（サンライズ出版、二〇二〇年）
・滋賀県文化スポーツ部文化財保護課・滋賀県文化財保護協会編『大川総合流域防災事業に伴う発掘調査報告書2　塩津港遺跡　長浜市西浅井町塩津浜2』（二〇二一年）
・濱修「〈遺構事例〉琵琶湖塩津港の交通と祭祀」佐々木虔、笹生衛、菊地照夫編『古代の交通と神々の景観：港・坂・道』（八木書店、二〇二三年）

■石山寺について

・石山寺『石山寺と紫式部―源氏物語の世界―』（思文閣出版、一九九〇年）
・石山寺『改訂版　石山寺　宝物篇』（一九九二年）※編集：岩間香
・石山寺『紫式部と石山寺』（一九九二年）　※編集：岩間香
・鷲尾遍隆監修・中野幸一編集『源氏物語画帖　石山寺蔵　四百画面』（勉誠出版、二〇〇五年）
・相澤正彦・國賀由美子編『石山寺縁起絵巻集成』（図版篇1・図版篇2・論考・資料篇）（中央公論美術出版、二〇一六年）
・池田大輔「「石山寺源氏間紫式部影讃」に描かれた〈紫式部の硯〉―附録「石山寺由来略縁起」「石山寺名所之図」―」『滋賀文教短期大学紀要』第二五号、二〇二三年

**■著者略歴**

**京樂真帆子**（きょうらく・まほこ）

兵庫県生まれ。1986年京都大学文学部史学科卒業、1989年奈良女子大学大学院文学研究科修士課程修了、1992年京都大学大学院文学研究科博士後期課程学修退学、1995年「平安京都市社会史の研究」で博士（文学）の学位を取得。1996年茨城大学人文学部助教授、2001年滋賀県立大学人間文化学部助教授、2007年准教授、2009年より教授。平安京の都市文化を研究する。

《著書》
『新・史跡でつづる古代の近江』〈分担執筆〉ミネルヴァ書房 2005
『平安京都市社会史の研究』塙書房 2008
『牛車で行こう！　平安貴族と乗り物文化』吉川弘文館 2017
『映画と歴史学　歴史観の共有を求めて』塙書房 2023

《論文》
「近江の地域女性史」（『滋賀の経済と社会』第111号，滋賀総合研究所，2004）
「『婦人国防』にみる大日本国防婦人会の活動 ―滋賀県内の分会活動を中心に―」（『地域女性史研究』創刊号，2018）

［写真協力］
辻村耕司、石山寺、滋賀県立美術館、静嘉堂文庫美術館、DNPアートコミュニケーションズ、滋賀県埋蔵文化財センター、公益財団法人滋賀県文化財保護協会、滋賀県、滋賀県立安土城考古博物館、福田美術館

# 一時間でわかる　紫式部と近江

2024年3月1日　初版第1刷発行

著者　京樂真帆子

制作　オプティムグラフィックス

発行所　サンライズ出版株式会社
〒522-0004　滋賀県彦根市鳥居本町655-1
TEL 0749-22-0627　FAX 0749-23-7720

印刷　サンライズ出版


ISBN978-4-88325-807-9